Analyse de l'œuvre

Par Lisa Chiquelin-Brafman

Nos résiliences

Agnès Martin-Lugand

lePetitLittéraire.fr

Analyse de l'œuvre

Par Lisa Chiquelin-Brafman

Nos résiliences

Agnès Martin-Lugand

Rendez-vous sur lepetitlitteraire.fr et découvrez :

Plus de 1200 analyses
Claires et synthétiques
Téléchargeables en 30 secondes
À imprimer chez soi

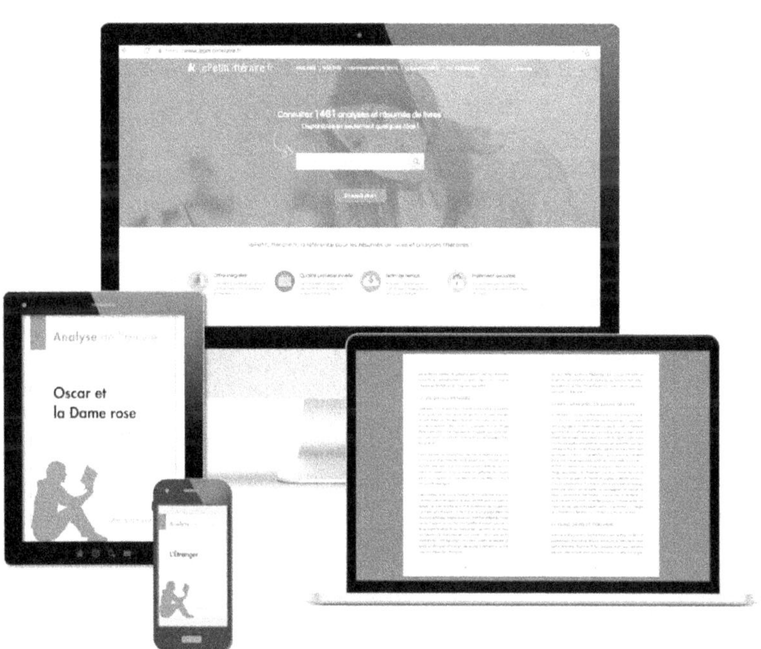

NOS RÉSILIENCES 5

Les épreuves d'un couple 5

AGNÈS MARTIN-LUGAND 7

Écrivaine française, romancière du moi intime 7

RÉSUMÉ 9

Une famille sans histoire,
un couple prisonnier de la routine 9

Basculement : un dramatique accident 10

La descente aux enfers... 10

... Jusqu'à la fracture 12

Un nouvel espoir :
se retrouver soi-même pour une résilience commune 13

ÉTUDE DES PERSONNAGES 15

Ava 15

Xavier 16

Sacha 17

Carmen 18

Idriss 18

Constance 19

CLÉS DE LECTURE 20

Résilience : résignation, acceptation ou combat ? 20

Deux couples en miroir 23

Une écriture intimiste 24

L'importance de l'art dans le roman 26

PISTES DE RÉFLEXION 30

POUR ALLER PLUS LOIN 32

Édition de référence 32

Sources secondaires 32

NOS RÉSILIENCES

LES ÉPREUVES D'UN COUPLE

- **Genre :** roman
- **Édition de référence :** *Nos résiliences*, Paris, éditions Michel Lafon, 2020, 332 p.
- **1ʳᵉ édition :** 2020
- **Thématiques :** crise de couple, famille, accident, drame personnel, hôpital, art, peinture, musique, reconstruction.

Xavier et Ava ont tout pour être heureux, une vie de famille épanouie, des métiers passionnants, des amis... Pourtant, leur couple s'essouffle et Ava sent un gouffre s'installer entre elle et son mari. Un soir, Xavier est victime d'un grave accident de la route. Grièvement blessé, il est également rongé par la culpabilité : en tombant de sa moto, Xavier a causé la chute de Constance, une cycliste. Elle est violoniste et ne pourra sans doute plus rejouer tant ses mains sont endommagées. Suite à cet accident, le couple se déchire : Xavier se mure dans le silence et la colère tandis qu'Ava ne sait comment aider son mari à reprendre gout à la vie. Elle trouve du réconfort auprès de Sacha, le mari de Constance : tous deux sont conjoints de personnes accidentées, ils se comprennent et partagent les mêmes peines et souffrances. Commence alors un long chemin de résilience, pour Xavier, d'une part, mais aussi pour Ava qui devra se confronter à elle-même afin de retrouver celui qu'elle aime vraiment.

À travers ce récit, l'auteur aborde le thème de la reconstruction après un traumatisme et illustre le combat d'une femme pour sauver son couple. Le texte est écrit du point de vue du personnage d'Ava et l'écriture se veut simple comme pour placer le lecteur au plus proche des sentiments de la narratrice.

AGNÈS MARTIN-LUGAND

ÉCRIVAINE FRANÇAISE, ROMANCIÈRE DU MOI INTIME

- **Née le 22 juillet 1970 à Saint-Malo en Bretagne.**
- **Quelques-unes de ses œuvres :**
  - *Les gens heureux lisent et boivent du café* (2012), roman
  - *Entre les mains le bonheur se faufile* (2014), roman
  - *Désolée, je suis attendue* (2016), roman
  - *À la lumière du petit matin* (2018), roman
  - *La Datcha* (2021), roman

Psychologue clinicienne de formation, Agnès Martin-Lugand s'est spécialisée dans le domaine de la petite enfance et de la parentalité. Elle a exercé son métier durant six années, dans diverses structures, entre Paris, Rouen et Le Havre. Fin 2012 parait son premier roman intitulé *Les gens heureux lisent et boivent du café*, au format Kindle Amazon. Le livre reçoit un très bon accueil sur la plateforme et les téléchargements abondent. L'éditeur Michel Lafon la repère et en 2013 parait une version papier de son ouvrage. Le succès se confirme et le livre est traduit dans 35 pays. Ses ouvrages suivants connaissent un succès croissant. En lien avec son métier, les thèmes abordés par l'auteure sont ceux du moi intime, du traumatisme sous toutes ses formes (deuil, séparation, accident), de la quête d'identité, de la reconstruction. Agnès Martin-Lugand met en scène des personnages, souvent des femmes en grande souffrance, en proie à une crise existentielle qu'il leur faut surmonter. *Nos résiliences* est son huitième roman.

RÉSUMÉ

UNE FAMILLE SANS HISTOIRE,
UN COUPLE PRISONNIER DE LA ROUTINE

Quinze ans après leur rencontre, Xavier et Ava sont un couple marié. Ils ont deux enfants, Pénélope (onze ans) et Titouan (sept ans). C'est un couple amoureux, menant une vie heureuse. Xavier est vétérinaire et possède sa propre clinique. Passionné par son travail, il rentre à peine d'un voyage d'un mois, voyage qu'il entreprend tous les ans dans un dispensaire à l'étranger. Ava, passionnée de peinture, a repris la galerie d'art familiale et prépare un vernissage d'une grande importance : elle a découvert un nouveau peintre, Idriss. Malgré cette apparente perfection, Ava est en proie au doute. Les longs voyages de Xavier laissent une empreinte sur son mari : elle craint qu'il ne se détache définitivement d'elle et de leur vie de famille, n'y trouvant plus d'intérêt et restant nostalgique de ses voyages. Cet éloignement n'est pas une simple projection d'Ava. Xavier se montre de plus en plus absent : il se présente avec plus de deux heures de retard à un diner en compagnie d'Idriss et de Carmen, sculptrice et meilleure amie d'Ava, et oublie la date du vernissage. Le couple semble suivre des trajectoires différentes, chacun d'eux happé par leur métier respectif.

BASCULEMENT : UN DRAMATIQUE ACCIDENT

Malgré les angoisses d'Ava vis-à-vis de son couple, son investissement professionnel est sans faille et le vernissage est un succès. Mais la joie de cette soirée tourne court pour laisser place au drame : Xavier a eu un accident de moto et est transporté aux urgences, inconscient. Il souffre de multiples blessures. Dans sa chute, il a entrainé une cycliste qui, comme lui, est gravement blessée. De manière très insolite, Ava rencontre le mari de cette femme aux urgences. L'homme se montre agressif à son égard et assume son ressentiment envers Xavier. Après une opération de plusieurs heures, Xavier est sauvé, mais Ava sait que la route sera longue pour qu'il recouvre la santé.

LA DESCENTE AUX ENFERS...

Ava s'organise entre la gestion des affaires courantes, la clinique de Xavier et ses visites à l'hôpital. Xavier est alité : une de ses jambes est immobilisée et son corps est marqué par de multiples contusions. Très affaibli, il ne remarchera qu'à l'issue d'un long processus de rééducation. Il est rongé par la culpabilité et exige de connaitre l'état de santé de Constance, la cycliste qu'il a renversée. Chaque soir, en quittant l'hôpital, Ava rencontre Sacha, son mari. Au départ peu enclin à la discussion, l'homme s'ouvre à elle peu à peu, à mesure qu'il expérimente les mêmes souffrances et angoisses qu'Ava.

Les semaines passent. La santé mentale de Xavier est fragile : en proie à des cauchemars et à des crises d'angoisse, il se renferme sur lui-même, ressassant l'accident. Cette souffrance mentale l'éloigne de sa famille, sa culpabilité croît de plus en plus et en réponse, Xavier se mure dans le silence. Il refuse la visite de ses enfants, ce dont Pénélope et Titouan souffrent grandement. Un jour, la colère du petit garçon éclate tandis que l'ainée éprouve une tristesse muette et tente d'aider sa mère comme elle le peut. Confrontée à la souffrance de ses enfants, Ava éprouve de la colère et du ressentiment à l'égard de Xavier. Déchirée entre l'amour qu'elle lui porte et le cauchemar qu'il leur fait vivre, Ava souffre seule.

À mesure que sa relation maritale s'étiole, Ava se rapproche de Sacha. Au cours d'un déjeuner, il lui apprend qu'il est chef d'orchestre et Constance violoniste. Elle trouve en lui un compagnon de souffrance. Le début de leur relation plus personnelle est scellé par une promesse commune : Ava promet à Sacha de retourner travailler à la galerie tandis qu'il lui promet d'écouter de nouveau de la musique.

Xavier refuse d'aller mieux. Obsédé par Constance, il refuse de se lever de son lit d'hôpital et montre un désintérêt pour la vie. La première (et dernière) visite des enfants à l'hôpital tourne au drame : au moment de partir, Titouan refuse de quitter la chambre de Xavier et demeure inconsolable, terrorisé à l'idée de quitter son père. Xavier semble lointain, comme s'il ne pouvait compatir à la souffrance de sa famille. Le soir même, Ava impose à Xavier de quitter l'hôpital le temps de l'anniversaire de leur fils. Il est très réticent et se montre même agressif alors qu'Ava lui confesse que Constance est gravement blessée et ne pourra peut-être plus rejouer du violon. Ava quitte l'hôpital en colère, avouant à Xavier qu'elle est usée par tant d'apathie et de mauvaise volonté de sa part. Elle est aussi choquée par son agressivité et son manque d'intérêt pour leurs enfants. Pour la première fois depuis l'accident, elle ose dire ce qu'elle ressent à son mari.

... JUSQU'À LA FRACTURE

Face à l'hostilité de Xavier, Ava décide de prendre ses distances. Elle ressent le besoin de reprendre le cours de sa vie et retourne à la galerie. Ce retour coïncide avec une sensation de liberté intérieure, la galerie se révélant être un espace de repli loin de la souffrance quotidienne. Apprenant que l'un de ses peintres la quitte pour un autre galeriste, Ava prend alors conscience d'un laisser-aller de sa part, qui remonte d'après elle bien avant l'accident de Xavier. L'activité de la galerie stagne et les semaines d'absence d'Ava n'ont fait que renforcer l'impression d'un manque d'investissement chez ses artistes et ses collègues. Elle décide de donner un nouveau souffle à la galerie : repeindre les murs, rénover, arranger la disposition des œuvres, organiser un évènement qui rassemblera artistes, galeristes et collectionneurs... L'esprit d'Ava fourmille d'idées.

Xavier commence enfin à s'investir dans sa rééducation et obtient une autorisation de sortie définitive de l'hôpital. Cette nouvelle le désoriente : il ne parvient pas à être heureux de retrouver sa famille. Le personnage se distingue désormais par le vide profond qui l'habite.

Ava expérimente sa propre impuissance. Le couple vit sans contact physique. Une pudeur s'installe entre les époux qui ne partagent plus rien sur le plan émotionnel. Un soir, une violente dispute éclate alors que Xavier tente de faire des recherches sur Constance. Tous deux atteignent un point de rupture, Xavier suggérant même à Ava de vivre sa vie sans plus s'occuper de lui. Ils sont devenus des étrangers, presque des adversaires. Parallèlement, le lien entre Sacha et Ava se renforce et ce qui semble être un sentiment amoureux nait entre eux. Chaque soir, Ava écoute Sacha jouer du violoncelle chez le luthier voisin de la galerie.

UN NOUVEL ESPOIR : SE RETROUVER SOI-MÊME POUR UNE RÉSILIENCE COMMUNE

Ava réalise qu'elle ne peut guérir son mari ; ce n'est pas son rôle, mais peut-être est-ce celui de Constance ? Obsédée par l'accident, elle aussi n'a que lui en tête et ressasse les évènements sans parvenir à s'en libérer. Xavier prend contact avec Constance et, progressivement, sa santé mentale s'améliore. Le rapprochement entre Xavier et Constance a pour effet de rapprocher Sacha et Ava. Ils déjeunent de nouveau ensemble et cette fois-ci abordent des sujets plus intimes tels que leurs passés et leur passion respective.

La soirée organisée par Ava est un succès : elle prend pour la première fois ses marques, rompant définitivement avec son statut d'héritière. Mais ce soir-là, Ava trompe Xavier avec Sacha. De cet amour interdit, Ava ressent une grande culpabilité, alors que son mari semble enfin lui témoigner de l'attention. Ava décide de ne plus jamais revoir Sacha, quoique cette décision soit un déchirement. Xavier va de mieux en mieux et se décide à s'intéresser de nouveau à sa clinique. Maintenant, c'est Ava qui sent un gouffre entre elle et son mari. Les rôles se sont inversés, désormais Ava n'est plus que l'ombre d'elle-même, tandis que Xavier tente avec beaucoup de maladresse de la soutenir.

Ava avoue finalement sa tromperie à Xavier, mais tous deux décident de lutter ensemble pour sauver leur couple. Xavier apprend à Ava le départ de Sacha et Constance. Cette nouvelle coïncide avec la fin d'une époque et Ava s'interroge sur l'après : au fond, si elle ressent de la peine de quitter Sacha, son mari doit lui aussi avoir du mal à laisser partir Constance ? Ava s'inquiète que Xavier ne puisse plus se passer de la jeune femme et que leur lien soit trop puissant. Cette crainte se dissipe alors que Xavier raconte enfin à Ava les détails de l'accident : ce soir-là, il a accéléré à un feu de signalisation pour la rejoindre plus vite à la galerie alors qu'il n'était pas prévu qu'il se rende au vernissage d'Idriss. Il ne rentrait donc pas chez eux, mais pris d'un élan vers son épouse, il avait voulu la rejoindre plus vite. Cet accident et les mois de convalescence et d'angoisse qui le suivirent se révèlent être le long chemin qu'il leur a fallu endurer pour se retrouver.

ÉTUDE DES PERSONNAGES

AVA

Ava est l'épouse de Xavier. Elle est la voix du roman, qui, écrit à la première personne du singulier, se concentre sur ses émotions et son vécu intérieur. Élevée dans une famille d'intellectuels et d'artistes, Ava a repris la galerie familiale, fondée par son grand-père, et que son père a également tenue avant elle. Son père Georges est son mentor : il lui a transmis sa passion pour la peinture et le métier de galeriste, mais l'a aussi incitée à se construire une culture personnelle en la poussant à partir pour plusieurs années de voyages et de stages à l'étranger. Sa mère les a quittés alors qu'Ava était très jeune pour vivre dans une communauté autogérée. Elle a tout de même gardé contact avec sa fille et lui a appris à peindre. Par opposition à sa mère et au mode de vie très peu structuré qui est le sien, Ava possède comme valeurs essentielles la stabilité et la simplicité de vie. À la tête de la galerie, elle est en charge de la gestion et du suivi des artistes tels que Carmen, sa meilleure amie, et Idriss, un peintre talentueux, quoique très timide.

Ava est de quatre ans la cadette de Xavier. Généreuse, elle ne l'empêche pas de vivre sa vie d'aventurier et de partir pour un mois tous les ans, travailler dans un dispensaire à l'étranger. Ava est une femme tendre et aimante, tolérante à l'égard de son mari dont elle connait le besoin de liberté et d'espace. Elle évolue sensiblement au cours du roman, passant par différents états émotionnels, entre colère, jalousie et ressentiment. À travers le personnage d'Ava, Agnès Martin-Lugand tente de montrer la souffrance des victimes indirectes, celles qui ne sont pas touchées immédiatement par un drame, mais qui vivent aux côtés de victimes. Elle devra mettre en place un travail sur elle-même, un combat pour changer et s'améliorer afin de redonner vie à son couple.

XAVIER

Xavier est vétérinaire. Débordant de vie, c'est un personnage enthousiaste et dynamique, passionné par son métier et le bienêtre animal. Il se caractérise par son désir d'aventure, son engagement personnel, mais également par un grand besoin de solitude. Quoique très aimant à l'égard de sa femme et de ses enfants, il a tendance à s'absorber dans son travail qui le passionne et à oublier certaines promesses. L'accident le transforme radicalement et Xavier devient apathique, froid et parfois même agressif. Il n'a plus gout à rien et se désintéresse de la vie. À travers ce personnage, les souffrances psychologiques et physiques qu'il endure, l'auteure peint le portrait d'un homme en proie à une révolution intérieure, Xavier devenant l'ombre de lui-même. Il s'agit de montrer combien un accident ne peut laisser indemne un individu, autant sur le plan physique que moral. Une transformation profonde s'opère en son for intérieur et Xavier ne parvient plus à rester ou redevenir l'homme qu'il était.

Au cours du roman, Xavier expérimente une forte culpabilité : celle d'avoir définitivement gâché la vie d'un individu. Laissant Constance handicapée, Xavier s'enfonce dans une dépression sévère qui frôle l'autodestruction : il refuse pendant un moment de se lever de son lit d'hôpital et de commencer sa rééducation en pensant qu'il ne mérite pas d'aller mieux. L'enfermement physique dans la chambre d'hôpital se double d'un enfermement mental à mesure que Xavier se mure dans son mutisme et son incapacité à communiquer ses émotions.

Bien que cette épreuve le laisse profondément marqué, le personnage parvient à une rédemption à la fin du roman. La relation qu'il tisse avec Constance lui permet de retrouver le chemin de sa vie de famille et de renouer avec qui il était.

SACHA

Personnage central dans le roman, Sacha est le mari de Constance, impliquée dans l'accident aux côtés de Xavier. Sacha est un chef d'orchestre mondialement connu et un violoncelliste hors pair. Vivant le même choc et la même expérience qu'Ava, les deux personnages sont amenés à se soutenir et même à s'aimer. Le personnage de Sacha se trouve dans une situation ambigüe : sur le plan moral, il est nécessairement dans une position antagoniste par rapport à Xavier et Ava. Au départ, il refuse d'ailleurs toute forme de contact avec Ava et lui signifie le peu d'estime qu'il porte à son mari, qu'il considère comme responsable de l'accident et des blessures de Constance. Il se révèle néanmoins être un personnage juste et bienveillant : l'ayant récupérée, il n'hésite pas à restituer à Ava une photo que Xavier conservait dans son portefeuille et qu'il avait perdue lors de l'accident. Un lien fort se noue entre

Sacha et Ava, les deux personnages fonctionnant quelque peu en miroir, à la fois opposés et en même temps inéluctablement liés par l'accident et leur souffrance partagée. D'une certaine manière, quoiqu'ennemis en théorie, ils sont l'un pour l'autre la seule personne qui comprenne leur situation respective.

CARMEN

Carmen est la meilleure amie d'Ava. Elle est sculptrice de métier. Ava et Carmen se sont rencontrées en Argentine à l'époque où Ava voyageait. Ava a immédiatement été séduite par le style de Carmen qu'elle qualifie volontiers de violent et de puissant. Amusante, douée et franche, Carmen a su trouver sa place auprès d'Ava, plus secrète et réservée.

IDRISS

Idriss est un peintre de 43 ans récemment découvert par Ava alors que Xavier était encore en voyage. Il se caractérise par une timidité maladive et une profonde insécurité. Au début du roman, Idriss est en grande demande affective auprès d'Ava qui se charge de le rassurer et de l'encourager avant son vernissage. Pourtant, le personnage évolue en profondeur au cours du récit. Sa rencontre avec Ava puis avec Xavier, Carmen, Georges et les enfants Pénélope et Titouan lui permet de surmonter ses angoisses. Il est très attaché à Ava à qui il considère devoir beaucoup. Au fil du roman et de l'épreuve que vit Ava, il réussit à s'affirmer en tant que peintre, mais aussi en tant qu'individu.

L'accident de Xavier et la détresse d'Ava lui permettent de s'émanciper et de gagner en assurance.

CONSTANCE

Constance est violoniste et l'épouse de Sacha. Elle n'apparait jamais dans le récit et n'est que mentionnée par les autres personnages. Une description physique de Constance nous est néanmoins donnée : les yeux clairs, les cheveux blonds et les traits fins, elle semble douce et délicate, Ava la qualifie même de « princesse » (p. 230). Malgré son absence, elle joue un rôle central dans le déchirement du couple, puis dans ses retrouvailles. D'une part, elle est la raison pour laquelle Xavier culpabilise et refuse d'aller mieux. Ava ne comprend pas l'obsession de son mari pour cette femme dont elle tente de le protéger en refusant de lui confier ce qu'elle a pu apprendre sur elle. D'autre part, elle entretient un lien indéfectible avec Xavier : tous deux ont vécu l'accident, dès lors ils se comprennent mutuellement dans cette épreuve qu'ils peinent à partager avec leur conjoint respectif. Ava sera obligée de laisser Xavier entrer en contact avec Constance, car elle seule pourra lui redonner gout à la vie en lui accordant son pardon.

CLÉS DE LECTURE

RÉSILIENCE : RÉSIGNATION, ACCEPTATION OU COMBAT ?

Au premier sens du terme, la « résilience » est une « caractéristique mécanique définissant la résistance au choc d'un matériau » (Larousse). Dans le domaine de la psychologie, on définit la résilience comme l'« aptitude d'un individu à se reconstruire et à vivre de manière satisfaisante en dépit de circonstances traumatiques » (*ibid.*). La résilience d'un individu est donc sa capacité à passer outre les tourments que la vie lui impose. On pourrait donc comparer la résilience à une forme d'acceptation. Mais comment caractériser cette acceptation, et en quoi se distingue-t-elle d'une simple résignation ?

La résilience ne consiste pas à se résoudre et subir en silence lorsque le malheur nous frappe. Au contraire, il s'agit plutôt de tenter de continuer à vivre malgré le traumatisme. Plus encore, de le transformer en quelque chose de positif, de fructueux. Une personne résiliente ne se borne pas à accepter son sort de manière stoïque, mais surmonte l'épreuve et le traumatisme qui en découle en se réinventant. Le personnage d'Ava en est un bon exemple. À travers l'épreuve qu'elle traverse – la crise de son couple en lien avec l'accident que subit son mari –, elle réussit à se transformer sur le plan personnel, à évoluer, à s'améliorer (comme en témoigne la reprise en main de sa galerie). Ce drame personnel lui fait réaliser qu'elle n'a jamais vraiment fait évoluer la galerie familiale, se contentant de rester sur ses acquis d'héritière, sans apporter sa touche personnelle. Au cours du roman, l'accident de son mari et le trouble que cet évènement jette sur son couple la poussent à remettre en question son mode d'existence : a-t-elle eu assez d'exigence concernant son métier ? Est-elle pleinement dédiée à sa passion ou bien se contente-t-elle de reproduire un modèle hérité de son père et de son grand-père, sans le remettre en question ? Cette question du retour à soi au travers des épreuves que la vie peut nous infliger est centrale dans le roman. L'accident de Xavier permet ainsi à Ava de changer de manière intrinsèque, d'embrasser de manière plus intense son métier de galeriste, son rôle auprès des artistes, sa légitimité auprès des collectionneurs et de ses confrères. La descente aux enfers du couple l'oblige à (et lui donne le courage pour) repenser l'organisation de la galerie, et relancer l'activité malgré la perplexité de ses pairs et de ses artistes. À travers la rénovation de la galerie, c'est de la reprise en main de sa propre vie qu'il s'agit. Ava se sent de nouveau animée par son métier, par un nouveau courage, et réalise combien elle n'avait pas pleinement vécu sa passion et les aspirations qui étaient pourtant les siennes. Le personnage en sort grandie, comme si elle avait retrouvé la place qui était la sienne. C'est de cette combattivité qu'est faite la résilience, confortée par l'espoir selon lequel, peut-être, « la vie peut continuer », comme le dit le personnage d'Idriss (p. 157).

Cette combattivité est à mettre en lien avec la métaphore du chemin et la façon dont les épreuves extérieures nous permettent de renouer avec notre moi intérieur. En effet, c'est sur le chemin vers la galerie que Xavier a un accident. C'est donc sur le chemin vers Ava, vers les retrouvailles avec son épouse, qu'il se trouve arraché à elle sans parvenir à la rejoindre. Le chemin qu'ils doivent alors prendre pour se retrouver est plus long et plus tortueux que cette route directe : Xavier doit surmonter une période de dépression, tandis qu'Ava doit renouer avec celle qu'elle est vraiment et s'affirmer en tant qu'individu. C'est donc la construction d'un parcours personnel qui leur permet de surmonter cette épreuve, à travers laquelle chacun renoue avec son moi profond. Il est important de noter que ces luttes sont bel et bien personnelles et distinctes (d'où le pluriel du titre ! Il s'agit de résiliences individuelles). En effet, Ava comprend au cours du roman qu'elle ne peut mener le combat de Xavier à sa place. De la même manière, personne d'autre qu'elle ne peut choisir de reprendre en main la galerie et de s'affirmer en prenant ses propres décisions, indépendamment de son père et du souvenir de son grand-père. Ainsi, les épreuves que lui inflige la vie la révèlent à elle-même et lui permettent de faire avancer sa propre histoire.

Le saviez-vous ?

La résilience est un thème souvent abordé par Agnès Martin-Lugand. Dans *Les gens heureux lisent et boivent du café* ainsi que dans *La vie est facile ne t'inquiète pas*, l'auteure aborde ce thème à travers le deuil que vivent les personnages.

DEUX COUPLES EN MIROIR

L'accident réunit deux couples : Ava et Xavier, d'une part, Constance et Sacha, d'autre part. Ces deux couples sont placés dans un rapport symétriquement opposé. Chaque couple est déchiré et de nouveaux couples sont formés : Xavier et Constance, grièvement blessés et à l'hôpital, Sacha et Ava, qui ont le rôle des conjoints devant accompagner l'autre dans la convalescence. Ce déchirement est visible au sein du couple d'Ava et de Xavier. Lorsque Xavier rentre chez lui après un long mois d'hospitalisation, il ne parvient plus à retrouver sa place de mari ni de père au sein de son propre foyer : anxieux, il ne parvient plus à communier sur le plan émotionnel avec ses enfants ni son épouse. Il se comporte comme un étranger vis-à-vis de ses enfants et d'Ava à qui il ne porte aucune attention, trop absorbé par son propre malheur. Ainsi, de manière très paradoxale, les retrouvailles physiques entre Ava et Xavier coïncident avec leur solitude la plus grande, l'union entre les époux étant désormais inexistante.

Au fil du récit, les nouveaux duos se renforcent : Ava et Sacha iront même jusqu'à s'aimer, tandis que Xavier et Constance connaitront une relation forte dans leur compréhension mutuelle. À plusieurs reprises au cours du roman, Ava tente de rentrer en discussion avec son mari et lui demande de lui partager ses souffrances : elle voudrait prendre sur elle le malêtre de son mari et tenter ainsi d'alléger sa peine. Ce comportement l'entraine d'ailleurs à dénier, dans un premier temps, tout contact entre Xavier et Constance dont elle refuse même de donner le prénom à son mari. Elle entend le sauver seule et ne parvient pas à comprendre que le salut de Xavier ne pourra venir que de Constance. C'est finalement sur les conseils de Sacha qu'Ava accepte qu'un lien se noue entre Xavier et Constance. Constance porte avec elle une part de Xavier qui sera à jamais inconnue d'Ava. D'ailleurs, le roman étant raconté du point de vue d'Ava, le fait que l'on ne rencontre jamais Constance prouve que les deux personnages doivent rester des inconnues et que Constance appartient exclusivement à la vie de Xavier. Lors de sa sortie de l'hôpital, Xavier croise Sacha, ils se toisent du regard, Xavier tente de l'approcher et de lui parler, mais Sacha disparait dans un ascenseur. Cette rencontre avortée souligne également la distinction que l'auteure tente de construire entre les deux nouveaux duos. De la même manière que Ava et Constance restent des inconnues l'une pour l'autre, Xavier ne rencontrera jamais Sacha, car il appartient essentiellement à la vie d'Ava.

À mesure que l'écart se creuse entre Xavier et Ava, la complicité et l'intimité grandissent entre elle et Sacha. Peut-on aller jusqu'à dire que les personnages de Sacha et Constance fonctionnent comme des catalyseurs, uniquement destinés à renouer les liens entre Xavier et Ava ? C'est possible. On peut néanmoins nuancer cette thèse en soulignant le fait qu'Ava confesse avoir de réels sentiments pour Sacha, bien qu'il s'agisse d'une histoire qui ne pourra jamais avoir lieu.

UNE ÉCRITURE INTIMISTE

Écrit à la première personne du singulier, le roman est entièrement construit autour du personnage d'Ava et du combat qu'elle mène. L'auteure a donc fait le choix d'aborder le thème de la résilience non pas à travers l'accidenté, Xavier, mais à travers la figure du conjoint de la victime directe. Ce choix souligne la volonté de l'auteur d'évoquer la position des victimes collatérales et d'explorer leurs souffrances personnelles ainsi que leur chemin vers la guérison. En lien avec son métier de psychologue, Agnès Martin-Lugand aborde le thème de l'accident à travers le corps et la douleur physique de Xavier, mais également à travers le traumatisme psychologique et les répercussions d'un drame à l'échelle d'une famille entière.

L'auteure nous donne à lire les pensées d'Ava. Ce parti pris permet un meilleur ancrage du personnage et une meilleure identification pour le lecteur qui suit son chemin personnel. L'auteur donne à voir toute la palette d'émotions que traverse le personnage. Ava éprouve de la tristesse et de la douleur face à la situation de son mari : d'une certaine manière, l'amour qu'elle lui porte la condamne à souffrir avec lui de ses blessures et de sa détresse mentale. Elle s'inquiète également de la souffrance de ses enfants et se montre compatissante à l'égard de Sacha et Constance. Néanmoins, la plongée dans les pensées d'Ava permet à l'auteur d'aborder aussi des émotions moins admises socialement envers une victime d'accident de la route, ou plus généralement envers une personne en souffrance et traversant une crise personnelle, comme le ressentiment, la colère ou encore une certaine forme d'égoisme. Au fil des semaines de convalescence, à mesure que l'apathie et le mutisme de Xavier s'accentuent, Ava éprouve le besoin de se détacher de son mari, mais aussi de ses enfants. Le foyer familial cristallise toutes les tensions liées à l'accident. De manière très intime, Ava ressent le besoin de se concentrer sur elle-même : elle éprouve de la difficulté à s'occuper de ses enfants et il lui est parfois difficile de rendre visite à son mari à l'hôpital tant la situation est pesante. D'autre part, bien qu'Ava comprenne la situation de Constance, elle refuse dans un premier temps que Xavier s'intéresse à elle, comme si sa propre souffrance l'empêchait de faire exister celle de Constance.

Cette écriture intimiste permet donc de mettre à jour l'ambivalence des sentiments d'Ava à l'égard de son mari : d'un côté, elle plaint Xavier et souffre avec lui, elle voudrait qu'il partage avec elle ses souffrances psychologiques, de l'autre, elle lui en veut de lui faire vivre une telle situation, de refuser son aide, de ne pas vouloir aller mieux. La plongée dans les pensées d'Ava permet d'illustrer la confusion du personnage et la façon dont les émotions se bousculent en elle, son ressenti évoluant constamment, passant de la compréhension à la colère, de l'amour à la lassitude. L'écriture d'Agnès Martin-Lugand évite ainsi toute linéarité dans une description dynamique des sentiments d'Ava.

L'IMPORTANCE DE L'ART
DANS LE ROMAN

À l'exception de Xavier qui est vétérinaire, tous les autres personnages du roman sont liés de près ou de loin aux arts plastiques et à la musique. Ava est galeriste, passionnée de peinture. Elle possède une véritable sensibilité artistique et sait caractériser les styles et partis pris des tableaux et sculptures qu'elle accueille dans sa galerie. Idriss est un peintre talentueux et Carmen, une sculptrice accomplie. Un autre pan artistique est aussi représenté, celui de la musique, avec Sacha et son épouse Constance. Elle est violoniste, et lui violoncelliste et chef d'orchestre. Agnès Martin-Lugand a donc fait le choix de donner une dimension très esthétique à son roman en l'inscrivant dans le monde artistique. Néanmoins, il est étonnant de voir que le seul personnage qui reste en dehors de cette dynamique est celui de Xavier. Rien ne nous dit dans le roman qu'il soit insensible à l'art, mais à travers Xavier, Agnès Martin-Lugand construit un personnage qui se caractérise par l'action, les voyages et la solitude aven-turière, loin des états d'âme artistiques. Ava ne partage pas avec son mari cet enthousiasme pour la peinture et les arts en général, il s'agit d'un pan de sa vie très personnel et dont Xavier ne fait que peu partie. D'ailleurs, ce dernier n'assiste presque jamais aux vernissages et réceptions qu'organise Ava. Au fil du roman, Ava et Sacha nouent un lien amoureux. Il est manifeste que ce lien se crée sur fond des difficultés que chacun rencontre dans son mariage. Ils se sentent tous deux impuissants et sont irrémédiablement tenus à l'écart du combat que mènent leurs conjoints. Mais ce lien ne se crée-t-il pas aussi autour de leur sensibilité artistique ?

En effet, lorsque Sacha, au départ plutôt hostile à l'égard d'Ava, lui annonce que son épouse ne pourra certainement plus rejouer du violon, Ava lui dit connaitre les artistes et comprendre la souffrance de Constance. Le regard de Sacha sur Ava change immédiatement et il accepte enfin de se confier avec elle avec moins de dureté et d'amertume que lors de leurs premières rencontres. L'art s'avère donc être une porte d'entrée pour les deux personnages vers une relation plus apaisée et un moyen de se comprendre mutuellement. D'autre part, à mesure que leur relation progresse, Ava et Sacha comprennent peu à peu que leur rôle de garde-malade les tient assignés à une place qui ne peut être la leur. Lors de leur premier déjeuner, alors qu'ils abordent la question de leur métier, l'un et l'autre avouent ne plus y avoir gout. Ava confesse ne plus être retournée à la galerie depuis l'accident et Sacha ne plus avoir écouté une note de musique. Tous deux se promettent alors de renouer avec leur passion, comprenant que, dans la tourmente qui est la leur, ils ont fini par s'oublier eux-mêmes au profit du bienêtre de leur conjoint. Les deux personnages franchissent le pas plus tard dans le roman. Ava retourne à la galerie et sent l'effet de renouer avec la peinture et la passion des artistes. Cela à un effet vivifiant sur le personnage qui comprend que sa galerie et la peinture font partie intégrante de sa vie. Sacha, quant à lui, initie un nouveau rituel : chaque soir, il se rend chez le luthier voisin de la galerie d'Ava et joue du violoncelle, son instrument de prédilection. Le voyant aussi impliqué dans l'interprétation et aussi habité par la musique, Ava est d'autant plus attirée par Sacha dont elle comprend la sensibilité. Les sensibilités artistiques de Sacha et Ava sont donc une voie vers leur amour et leur communion amoureuse dépend de cette communion esthétique.

PISTES DE RÉFLEXION

- L'auteure fait le choix d'une écriture intimiste, à la première personne du singulier : en quoi cela permet-il au lecteur de s'identifier au personnage d'Ava ?

- Quelles conséquences peut avoir un accident de la route sur la santé mentale ? Justifiez votre réponse en vous appuyant sur les personnages du roman.

- En quoi les destins des personnages de Xavier et Constance sont-ils liés ?

- En quoi les personnages de Constance et Sacha peuvent-ils être considérés comme un moyen pour le couple de se retrouver ?

- Expliquez l'importance de l'art dans ce roman : musique, peinture… En quoi cette dimension artistique rapproche-t-elle les personnages de Sacha et Ava ?

- Comment pourriez-vous décrire la relation qu'Ava entretient avec sa famille : son père et sa mère, d'une part, ses enfants, d'autre part ? Quelles conclusions peut-on en tirer sur le personnage ?

- Agnès Martin-Lugand est psychologue spécialiste de la petite enfance et de la famille. En quoi cela transparait-il dans le traitement qu'elle fait des personnages de Titouan et Pénélope et de leur rapport à l'accident de leur père ?

- Comment peut-on caractériser le lien qu'entretiennent Ava et Idriss ? En quoi ce lien évolue-t-il au cours du roman ?

POUR ALLER PLUS LOIN

ÉDITION DE RÉFÉRENCE

- MARTIN-LUGAND A., *Nos résiliences*, Paris, éditions Michel Lafon, 2020, 332 p.

SOURCES SECONDAIRES

- « La Claque Interview : Agnès Martin-Lugand », in *Fnac – YouTube*, 15 avril 2021. Consulté le 27-10-2021. URL : https://www.youtube.com/watch?v=Yhu8tytPt5g

- « Site officiel d'Agnès Martin-Lugand ». Consulté le 27-10-2021. URL : https://agnesmartinlugand.fr

- « Biographie de Agnès Margin-Lugand », in *Lisez !*, consulté le 27-10-2021. URL : https://www.lisez.com/auteur/agnes-martin-lugand/142453

Votre avis nous intéresse !
Laissez un commentaire sur le site de votre librairie en ligne
et partagez vos coups de cœur sur les réseaux sociaux !

lePetitLittéraire.fr

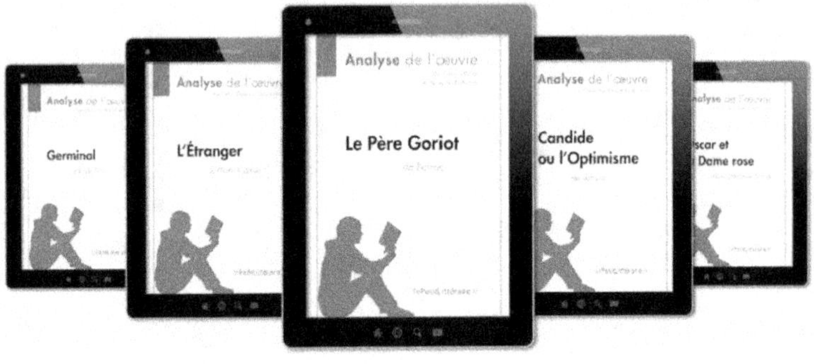

- un résumé complet de l'intrigue ;
- une étude des personnages principaux ;
- une analyse des thématiques principales ;
- une dizaine de pistes de réflexion.

**Retrouvez
notre offre complète sur**
lePetitLittéraire.fr

ISBN version numérique : 9782808023672
ISBN version papier : 9782808023689
Dépôt légal : D/2021/12603/23

Conception numérique : Primento,
le partenaire numérique des éditeurs.

9 782808 023689